銀の花芽

後藤 香

短歌研究社

銀の花芽　目次

銀の花芽

装幀　岡　孝治
写真　almgren / shutterstock.com

ふるさと

ふるさとは諸行無常の景なれど不変にかがやく雪の赤城山

雪もやうの空がよめるよ　里山に閑雲野鶴《かんうんやかく》のくらし二十年

生り物をすべて捧げし柿の木がほつと息つき冬木となりぬ

上州の風が哭くなり日常をぽんと超えて入る昼のカフェ店

飴いろに乾き香の立つ上州の空つ風のつくる切り干し大根

ことごとく葉を落としたる朴の木がさつと差し出す銀の花芽を
暖炉用の薪を割る男《ひと》古き良き生活《たつき》の音を空に響かす

空つ風

日向ぼこの小石を一つ掌に包み持ち帰りたり温石《をんじやく》として

郷愁を誘ひし欅故郷に還りてみればありふれし欅なり

善の裏の悪思ふなく床を這ふ蟻ひとつ外《と》に放ちやりたり

次つぎに布団を叩く冬の音何故か平和なり団地の午後の

名にし負はば上州空つ風吹く朝「群馬風土記」の休刊を知る

初冬にて白き花芽をはや掲ぐ辛夷の周到みよと耀き

冬たんぽぽ季語になれどもそんな事どうでも宜しと黄に咲くものか

桎梏の鎖の音を引き摺りて犬の尾つぽは太く勇まし

白き雲風神雷神の像のごと駆けてゆくなり師走の空を

古民家を囲ふ白樫の防風林　上州の冬の語り部ならむ

防風林そひゆけば見ゆ青屋根の土屋文明文学館の

朝廷より命《めい》ありしと刻む多胡碑《たごのひ》の千三百年前の彫り荒々し

売らず貸さず壊さず守り念願の富岡製糸場世界遺産へ

葉ずれの音

夭死せし母の生命線思ひつつわが掌をひらく秋陽の中に

陽だまりを探し廻りし少女期の荒野の扉は固く閉ぢておく

かすかなる葉ずれの音して散る庭に行方もあらぬ思ひ育む

掃きゆけば紅きもみぢの嵩多く何やらうれし今朝の華やぎ

掃き寄せし落葉の山より微かなる葉のささめごと朝あさを聴く

常しへに宙の鳥であれ空を舞ふ鳶を仰ぎて慰撫さるるわれ

朔太郎像

文学館前の朔太郎像空仰ぎ右手《めて》おとがひに詩人であるよ

世界詩人会議記念碑わが師の名も刻まれてゐる島田修二と

書院造り白壁の蔵の据ゑられて朔太郎像の目先なぐさむ

懐かしき書院にこもりどこまでも詩人であらむ朔太郎の魂

前橋の文学館長に朔美氏の就任喜ばむ祖父朔太郎

朔太郎の孫の館長の感性に磨かれてゆく詩の前橋は

『月に吠える』刊行百年の朗読劇のチケット一枚そはそはと待つ

朔太郎葉子の書物読みつぐを誄詞《るいし》となして故郷のほこり

出穂季

あざみの花手に帰りたり半時の散歩にこころいつか鎮まり

東京の時間のざわめき逃れ来て出穂の季のふるさとにたつ

野良猫と首輪の猫と境遇を交はしゐるやうな道辺の二匹

漱石家《そうせきけ》のやうな家猫の座は無いが今朝も餌をやる真つ黒野良へ

満月を雲が次つぎ掠めゆくわが負の記憶消しゆくやうに

裸木の影絵しづかに揺れ出して月夜怪しく魑魅《すだま》の気配

庭畑に掘りし里芋が夕食の主の貌をするわれの自慢に

齟齬多き雨のひと日なり南天の白き小花のほろほろと落つ

聖者のごとし

青虫に葉を食ひ尽くされ棒立ちの鉢のみかん苗聖者のごとし

そら豆の見上ぐるみ空　立夏へと動き出したる白雲せはし

早朝の千本桜のしづけさに花トンネルはくれなゐの闇

モーツァルトのレクイエムを聴く尽《ことごと》く散りゆくさくらにひとりを偲ぶ

処分前の綴れ脚絆を巻きあげて兵の日を語る卒寿の父は

車椅子の継母《はは》に紫紺の膝かけをふはり掛けやる通院の朝

己が家と高齢者施設のその往き来「さすらい」と詠みし兜太氏悼む

子蛙ら草のみどりにとけ合ひて畦道探検ぴこぴこあそぶ

初茄子

初茄子《なすび》棒に刺し置くはその昔祖父より教へられたる習ひ

初生りの胡瓜はりはり青き音その二重奏の朝の食卓

公園のマリーゴールドみかん色の円陣くみて咲きつくす夏

夏野菜の根つこ引き抜きこの夏の菜園ごつこの店じまひする

花も葉もいつしか素枯れ球根の母体に還つた水仙の群れ

年ねんをこぼれし種子の確かさに庭を彩る松葉ぼたんは
渡りくる風をくすくす戯《じや》らしゐる青き猫じやらし夏のまひるを

白たんぽぽ

昭和三十八年、前橋にて

巻きスカートの花森安治と隣り合ひ同じカツ丼食べし夫とわれ

「暮しの手帖読んでゐます」と言ひ出せず花森安治を傍らにして

境内の花の盛りに集ひ合ふ信《しん》ゆるぎ無き友がき五人

すつくりと首をのばして蒲公英の小花の揺るる境内の小径

白秋に詠まれし幸のふくらみて白たんぽぽの花を愛でゐる

山路ゆくわれらのために一服の香りをはなつ山百合の花

緑蔭にしばし休むとき瞑想する一本の樹のしづけさに遇ふ

きれぎれの記憶のなかのわれを呼ぶ垂《しだ》れ柳の揺るるさみどり

春へのあゆみ

「また来るね」息子《こ》の一家乗せ走り出す菜の花のなかの二輌編成

温かき眼差しのさきへその先へ歩みだしたり萌絵《もゑ》姫一歳

兜虫まん中の足でターンするかと想像ゆたか虫好きの男孫

息子《こ》の商社の輸入バナナを購ひて朝あさ食べる親馬鹿二人

賜物の広島牡蠣のまぜご飯カキフライ旨しうましとお代り

岩のやうな牡蠣殻の内はつやつやのパールの肌《はだへ》捨てがたきなり

一葉記念館

「萩の舎」の生徒四十名の写し絵に一葉さがす一葉記念館

一葉の遺したる和歌四千首齢二十四の夭折哀し

巻紙に流るる筆の『たけくらべ』未定稿すでに消えかかり古る

霜月の二十三日　一葉の命日酉の市重ね賑はふ

東京市下谷龍泉寺一葉の駄菓子屋近く夫の生家ありと

虚しき風

春の窓ぴしり閉ざされ律儀なる若き義弟の逝きてしまへり

亡骸の若さ悲しむ輪の外で忙しき影に葬儀屋動く

母につぎ父の今際《いまは》にも立会へずこの運命に仰ぐ朝の空

夭折の母と再会果たさむか埋め合せよ父　短き婚を

伯母上の「あれは戦後の事だから」六十年来の納まりのつく

あやふかる少女のわれに伯母上は説きて給ひき大人の世界

日に何度虚しき風が裡に吹く妣のやうな伯母この世にあらず

亡き叔父の植ゑてくださりし庭の松一本の意志もちて伸びゆく

絮毛の自立

すかんぽを食みたりし日の追憶がすつくと伸びて野に炎立つ

蒼空にとけ合ひ靡くは「母の日」に届きし絹のスカーフのすさび

次つぎに吹く風躱し選びゐむたんぽぽの白き絮毛の自立

千草いろに萌え出づる野にしづかなる平安を舞ふ黄蝶の二つ

あの本を読みたしといふ勢ひを逃しし末に書店をめぐる

庭なかの風の小径の香りつつ朝のくちなしまぶし白微光

山鳩のしきり鳴くなりふるさとに還りしわれの噂もすぎて

非日常

茫々と見つめつつゐて点滴の最後の一滴またも見逃す

九時消灯カーテン仕切り患者らは小さく灯してそれぞれの夜

見舞客なき秋の午後さし入れのカズオ・イシグロ静かに読書

いつか観しドラマのやうなぞろりぞろり院長回診畏まり候ふ

非日常の病院生活　翳し見る主婦手付かずのわれの両の掌

秋霖のやまざりし午後外泊のわが庭美《は》しき敷きもみぢなり

山茶花の紅きほほゑみの幾百に迎へられたり退院われは

水引草

学生服の子どもの図柄の五銭切手貼られし手紙　母の絶筆

消えかかる母の手蹟ににじみゐる終戦まもなき寂しき時代

余命なき母を見舞ひて帰る道押し黙り行くを照らす半月

死の際の母の食《た》べし葡萄の実二つといふは悲しみの数

三十二歳の若き母逝く　遺されし八歳七歳二歳の姉妹

洗濯板裁ち板張板若き母のふれたる物のはかなく消ゆる

母逝きて切なき虚ろに水引草しごきては捨てし少女期の孤独

「見てよみてさつま芋の花」癌の母の辞世のこゑの忘れがたしも

石榴

母の面輪薄るるたびに見返して写し絵五枚すりきれてゆく

孫六人曾孫八人夭折の母の知るなきいのちの連鎖

問切りの言葉虚しも秋さめの降りみ降らずみ母の命日

母縫ひし形見の着物の糸を解くこの糸辿れば逢へむか母に

ほほづき色の灯火のやうに妣のゐて七十年忌かくも遥けし

はるかなる海に漂ひき母逝きて悲哀せつなき少女の小舟

癌の母と抱き合ひ泣きし温もりの肌《はだへ》しみじみ秋の命日

夭折の母の蹴出《けだ》しのおもかげに顕ちて咲くなり石榴の朱いろ

里山の秋

家出して半年過ぐれどねんごろに猫くぐり切り障子張り済む

茸採りに友と来たりてぱつたりと「李徴の虎」に遇ひさうな森

葉を落とし銀の花芽の朴の木は裸木の中にひときはまぶし

何処《いづこ》にか輪廻のめぐみの芽を出さむ万両の赤実鳥ら啄む

話すこと何もなくなり耳だけが大きくなりて虎落笛聴く

ゆつたりと人魚のこころになりゆく夜入浴剤の海いろのなか

鈴虫のりんりーんと鳴く音を伴奏として物思ひの空夜

吾亦紅ゆれに揺れつつ小豆色の風になりゆく里山の秋

ひと群れの尾花の下の思草　いまの世に遇ふ万葉の花

里山の道なき道に尾花摺り聴きつつ採りぬ今宵十三夜

妣と採りし紺碧いろの竜の鬚懐古は色を連れだてて来る

阿修羅展

みどり濃き上野の杜の阿修羅展　長蛇の列のしんがりわれは

帰依せしと言へども若者の思惟あらむ阿修羅の像の遠きまなざし

青年の阿修羅さまの貌目の前をちらちらよぎる帰路のみ空に

錆いろのエミール・ゾラの蔵書たち若きゴッホは読書家なりき

十年余に二千点もの絵を描きて死に急ぎたるゴッホ哀しも

色彩の研究せしとふ毛糸玉の色の褪せたりゴッホの遺品

夏草

クロッカスほつこり明かし灰いろになりゆくわれの思考灯して

少々の赤ワイン飲みてじつと待つ他力本願の今宵の眠り

詠む事は仏像一体創る思ひと西行の言にうなづくばかり

朴の木の葉ずれの音の大きければ大きほど涼し大暑の昼を

下山しつつ赤城の山を振り向けばしづかに深し青葉の闇は

間断なく雨降る梅雨季夏草のおどろの支配やまざる廃墟

里山は田植の水郷いつせいの蛙の謳歌に闇が波立つ

春まぶし

赤城山の春天辺の深呼吸に吸ひ込みてゐる関東平野

わたくしの翳の部分に深ぶかとお日さま当ててゆく春の径

春祭りの長き幟の降ろされてとつぷり暮るる鎮守の森は

晩春のふるさとの山の頂上に日常とほく風に吹かれ佇つ

たんぽぽの黄の春まぶし一行の詩は経験と言ひたるリルケ

ゆらゆらと紋白蝶の魂《たま》ひとつ空々《くうくう》われのこころに止まる

春空に離れてひとつ浮かぶ雲間遠となりしひとりを思ふ

ひと吹きに蒲公英の絮毛飛ばしたる心意気見す風の男伊達《をとこだて》

胡瓜トマト茄子苗植ゑる年ねんの飯事のやうな春へのあゆみ

信濃の国

夏渓谷の風のぼり来るラウンジに息深く吸ふ到着われら

喜寿われを祝ふワインに酔ひまはる森の精霊に守らるる宿

鷗外の常宿たりし湯の宿の数寄屋造りに二夜休らふ

千曲川の夏のひかりを見遣りつつ信州そばの旨しうましと

師の魂に遇ふだらうかみすずかる信濃の国はみ親の古巣

いくつもの美術館あれどゆつたりと東山魁夷の絵より出られず

魁夷画伯の絵の中あゆむ白馬《しろうま》に再会したり夏の安曇野

善光寺の参拝果たす子どもらに伴はれ来し旅のしまひに

女　時

そのかみの恋文読めば力湧くと病み臥す夫を看取れる友は

朋あり遠方より来たると浩子《かうこ》さん論語をもちて迎へくれたり

信号機次つぎと赤　ゆつたりと今朝の女時《めどき》を受け入れて待つ

土蔵建つかたへに稔る柿赤しこんな風景がたまらなく好き

熟柿の皮むくかたへ夫ぽつり疎開先の柿食べ尽くしたよ

スカートの裾触るるとき烈しくも黄の胞子散らす冬の花蕨

晩秋の木の葉のいろなす沢蟹を一つ捕へたり水冷ゆる谷地

白き花散らしし後の山法師また名を識らぬ山の木となる

蟷螂は鎌をあげたりふつくらと抱へる卵《らん》をまもらむとして

野萱草の花つづく径ここちよきひとりごころに里山をゆく

庭の木を這ふ蔦もみぢその先に見ゆる哀しみ「最後の一葉」

復活の春

犬ふぐりの空色の花　春ほどに待たるるもののあらむか他に

挙《こぞ》り立つ土筆かがまり摘みてみよ遥か戦後の想ひ出もまた

あざやかな黄の花咲けり懐古とふこころ動きて蒔きし綿《わた》の種子

春庭にまた朝明けてチューリップ開きゆく韻《ゐん》の赤きしづけさ

チューリップ赤き円居を灯しゐる春日たつぷり閉ぢて角ぐみ

球根の復活の春の羨しさよひと日ひと年《とせ》いち年草われ

あはあはと一山つつむ山ざくら　ひとり居の友は施設に入りぬ

水仙の匂ふ夜のふけ今日ひと日その応分のつつましく過ぐ

山姥の棲んでゐさうな奥山に湧き水すくふ春日こぼしつつ

信じてみたい

揚ひばりの春限定の恋かしら今しアピールのイケメンの声

野萱草のオレンジの花残しつつ畔刈る男《ひと》を信じてみたい

昼啼きてなほ足らざらむ夜を啼く杜鵑《ほととぎす》の声いのちひびかす

紅花の小袋の中かろやかに春へと動く種子のこゑ聴く

オペラ観て上野の杜に食事する金婚の日の小さき身祝ひ

黒田清輝、ボッティチェリ展はしごする偶の上京の欲張りの春

旅行鞄どすんと置けばみづからでそこに座すやうなその存在感

白桃

きつちりと蓄たためる夕顔のその几帳面さ突きつけられぬ

園児らの駆け出しゆくよハーメルンの笛吹きの音《ね》に魅かれたるやも

桃を子に分ける手も受ける手も優しい窪みそのたなごころ

少年が丸ごと一個にかぶりつく白桃《もも》の滴り活のオアシス

白桃の汁したたらせ喰らふわれは茂吉のうたの茂吉になりぬ

娘のスカートきらりと赤し万葉歌「赤裳裾引き」ありあり顕ちて

Yシャツを一枚求めるその都度に一枚捨てる婿のこだはり

私の居場所

生き直す思ひに通ふキャンパスが今の私の居場所となりぬ

マクベスの戯曲を深く読み込んで苦手な英語の講義のりきる

はじめての言文一致の『浮雲』と識りて再読の夜のふけゆく

キャンパスのみどりの木蔭おにぎりを手より攫つてすばやし鴉

受講中点と点との結ばれて学ぶ愉しさレポートに記す

スカートの風まとひ来て美しき中村教授の翻案講義

初蟬は小声の控へ目ソロに啼くキャンパスにまた夏やつて来ぬ

源氏講ずる久保田淳教授をクボジュンと学生ら呼ぶ親しさ羨し

七年間社会人学生のあつと過ぎ別れの校舎に深く礼《ゐや》なす

世話をせし孫も大学生東京を離るる車中涙あふれ出づ

みちのく

友と憩ふ峠の茶屋の窓はるか春の安達太良稜線やさし

六月の蔵王《ざわう》山登りつつ湧きあがる霧冷えびえとこの身をつつむ

蔵王嶺ふところ深く踏み入れば駒草群れてうす紅ゆるる

蔵王山頂の澄みたる空気吸ひて佇つ今がもつともわれ素直なる

土用波の白くたちきて波消しのブロック越ゆる大熊の海

水かげろふ立つ松川浦もやひ船たゆくゆれゐて昼しづかなり

浦口の水門固く閉ざしめて台風去るを漁師らの待つ

潮風に浜ゑんどうの花ゆれて故なくさみし海に向くとき

幾千の海鳥《ごめ》黒く舞ふ背後には塩屋崎灯台蒼空を突く

北へ北へとひた走りゆく一台はリンゴ狩り目指すわれらが五人

春一番

春一番の風の言伝て　空き家より修理いそいそ金づちの音

草を引くわが手に乗りし青蛙生きて冷たしみどり艶つや

山桜の凋落《てうらく》はかくうつくしく川くだりくる花筏なり

陽炎のゆらめく真昼ふるさとの花逍遥のめぐり愉しむ

畦道の菜種の花のぽつぽつと抒情詩のやう黄な己《おのれ》咲き

藪椿の蕾の重さに揺れてゐるほんのり紅き春のぞかせて

老年的超越の一つと嗤ふなり物欲食欲うするる今を

牡丹花の紅き言の葉澄まし聴く誠実《まこと》を生きよも少し生きよ

嗚呼島田先生

全身の震へとまらず夕刊の「島田修二氏逝去」の記事に

日常はなんなく過ぎむ秋空に逝きたる先生の憂ひをさけて

鎌倉の瑞泉寺へとこころ急《せ》く　師の七回忌に集ふ長月

親子僧の読経届かむか堂内に師の変幻の黄蝶舞ひきぬ

みちのくの歌会に会ひし先生の壮年のままを記憶に納む

晩学の大事さ説きし先生の言伝てかがよふきら星の夜

限りなく花吹雪くなり師の笑みの銀歯きらりと尊し永遠《とは》に

「文学は自己救済」の師の言葉かみしめてゐる齢《よはひ》かさねて

草いろの風

緑蔭に庇はれゆけば純白の憂ひにうつむき山百合の咲く

遠ざかれば遠ざかるほどわが裡に薫りて咲きぬ山百合の花

愛らしく振りふり揺れて草いろの風の踊り子風船蔓

この夏も衰へそめて向日葵は稔りびつしり望月の貌

いくつもの思惟を宥めてひつそりと種子にしづまる向日葵の夏

雀らはホバーリングの技さえて日がな啄む向日葵のたね

わが庭の主役となりて咲くミモザしづかに澄める月と照り合ひ

かなかなの運びて来たる夕ぐれをかさつとほぐるる夕顔の白

貫入の音を聴きたる思ひして迷ひなく求む手にせし湯呑み

風の起点

公園の花の視線にたぢろぎぬ椿の花の紅蓮《ぐれん》の百花

大輪を空に揺らして自浄なす風の起点の朴の白花

朴の花春の嵐の吹くままに己はみ出し華のすさびする

ひと冬を越えたる自負のやうに咲く黄花ぱつちり福寿草二つ

黄にゆるる喇叭水仙の奏者たち奏でてゐますシューマンの「春」

憧れていまだ行けざる旅にしてテレビは映す吉野のさくら

自然界受身に生き来し西行のすがた顕ちくる映る吉野に

スキップを踏む軽やかさにやつて来ぬ若草色の春一番は

ねんごろに掃除機をかけ一輪の椿を活ければ人待つこころ

春のテーブル

円空の観音像の一体に去りがたく佇つ衆生夫とわれと

給ひたる歌集の世界めくりつつ心の栞いくつもはさむ

還りくれば只それだけのふるさとよあの頃のわれの郷愁なつかし

古本屋に飛び込みし昼雨やどりのこころに買ひぬ文庫本ひとつ

うらうらと散歩のあした塀越えて視よとさし出す白梅の枝

給はりしメロンを切れば切るほどにみどり増しゆく春のテーブル

「なにとなく春になりぬと」西行の歌にぴつたり散歩に出よう

目敏くも目白来て鳴くこの春のきつさきに匂ふ梅の上枝に

竹林のすべての剪られ氏神の祠は浴びぬ怡々《いい》たる春日

オリーブの木

一枚の絵の懐かしさ海の辺に二十年棲みて手放しし家

オリーブの木のある家の日々とほく今も靡きゐむみちのくの空

庭明かし春は来たれど験《しるし》なき不安にへこむ木の芽どきわれ

うたの他に何があるのか山法師の葉蔭にひそと莟ふくらむ

時の流れゆつたり醸し乗り合ひのバスより降りくる老いの幾たり

群馬名物炭酸饅頭ふつくらと湯気立ててをり記憶の中に

亡き夫の好物と友はこの春も蓬をつみて草餅供ふ

雑草とふ植物は無いと学者たりし昭和天皇を偲び草引く

東日本大震災

福島県大熊町

原発の安全神話を疑はず子育てしたり原発の地に

被災地を映すテレビに新聞に釘付けの日々何も手につかず

被災せる友の携帯つながりて詑り懐かしくほつと息つく

原発より三キロ余りに二十年棲みしわが家族の第二のふるさと

ボランティア募集に応じ娘一家磐城《いはき》の町で砂掘りをする

放射能検出せずとの説明書付けられ大きく紅き桃届く

被災より七年の今友たちは安住の地をやうやく得たり

絵の「道」

描くことは祈りだと言ふ魁夷画伯の声のみちくる秋晴れの空

「道」は己が人生行路とうつせみの魁夷のこゑの音声ガイド

「緑響く」の絵の森林に踏み入りて濡れて佇ちたり魁夷のブルーに

ひとすぢの海へと続くかの道に呼応して耀ふ魁夷の絵の「道」

麦の秋

西行のあの世とこの世は地続きの論に寄り添ふ齢かさねつつ

歌会後の酒盛り懐かし仙台駅に大平信吉顕たしむる夏

夕ぐれの里山の空　万斛《ばんこく》の哀しみしづめし瞼も老いぬ

ふるさとは麦の秋なりしばらくは黄金の色の散歩路をゆく

麦秋の関東平野えん延と饂飩文化をささへ来し景

草野心平

天山祭（福島県川内村）

全国より読者駆けつけ庭狭し心平の森の夏の別荘

地酒飲み全員で踊る輪の中に加はる心平もう若からず

絽の黒を着こなす心平わが死後も天山祭を続けよと言ふ

「天山祭」震災の後も続くらしテレビにうつる黒板の文字

草野心平在りしながらの天山祭蛙鳴く夜は偲びてやまず

モノローグ

花水木の赤き実銜へ飛ぶ鳥の行方あたため思ひ懸けゐる

それぞれに揺れそれぞれのモノローグ擬宝珠の花の紫の頃

見守りし彼岸花とその感情も薙ぎ倒されぬ畔草ともに

娘より届くメールの言の葉を読み返しゐる虫鳴く夜を

金木犀の香りただよひ老い先の素描図裡に茫々とゐる

ソーラーパネル無機質の列　かつてここは青き木霊《こだま》の森でありしが

同郷の誼《よし》みに見上げる忠良の「群馬の人」の像誰れに似る

庚申塚馬頭観音に足とめて寡黙な夫の語ります小径

黒松は理由《わけ》を黙して立枯れぬチェンソーに剪られ横たふ物体

剪られたる黒松のその存在感虚空に消えて秋風かよふ

野づかさに生ふるねこじやらしの穂のなびき金いろなして夕映えのなか

吉田和人代表を偲ぶ

修二師の七回忌に凜と立ちまししし代表の若さ鮮やか今も

肩を組み唄ふ代表の面影をたぐりよせゐる夏の星の夜

代表の御座さぬ夏のめぐりきぬ鎮まりがたく蟬の鳴くなり

師の歌碑の石を選ぶと行き給ふ群馬鬼石・相模真鶴

石碑《いしぶみ》は天然記念の三波石《さんばせき》代表の思ひ丘の上《へ》に建つ

代表の最後の読書とふ『夜と霧』棚の背表紙何か言ひたげ

フランクルの強き精神を自らに励ますと読まむ哀し『夜と霧』

『碑の丘』『八月の蟻』眼差しは時に苦吟のわれを励ます

満願の夏

中尊寺の世界遺産に呼び込まれ人混み託《かこ》つ旅となりたり

平安の仏教の美のあふれゐる金色堂は目映し今も

中尊寺毛越寺経て立石寺の高み目指ししは遥かなる日よ

四寺目の瑞巌寺に参りたり満願の夏のこころほつこり

砂の道と茂吉の詠みし参道の舗装あたらし瑞巌寺の夏

遊覧船に潮の香浴びつつ松島の夏をめぐりぬわれらが一家

二百六十余の島を楯としかの津波の害のかろしとふ碧き松島湾

大震災の津波のかけら混じらむか海辺の宿の夜の波枕

赤き柿

茫々と明けそめてゆく朝の中へ香りを放つ金木犀は

幾人の追悼の秋　木々ゆらす野分けの風に言寄すわれは

赤き柿こつんと落ちて又ひとつわれの奥意にたまりて温し

澄みわたる秋の星空に浄められただ諦観の安らぎにゐる

豆柿に棗に無花果なつかしき木々に会ひたくてこの道通る

何といふ人くささならむ働き蟻の中に怠ける蟻のゐるらし

青年のマネキン哀しリタイヤの後の仕事は山田の案山子

畦道に群れつづきたる彼岸花まつ赤まつ赤の眼《まなこ》のあゆみ

からす瓜の赤き実ゆるるを見遣りつつ常陸国原友訪ねゆく

工事場に盛らるる砂山おだやかな安息角《あんそくかく》にあまねし秋日

うす紅のコスモスの花ゆく秋の思ひ澄まして風にゆれゐる

出雲へと旅立つ神を励まして秋空を吹く神送りの風

外つ国へ転任せし身にまほろばの月であれかし遥けく仰ぐ

響き合ふ

娘より届く書物の無秩序に従つて読む今日は『赤毛のアン』

アンよアン赤毛嘆くな少女期のわれも赤髪を揶揄されたりき

娘のつけし付箋の箇所に響き合ひ「アン」シリーズを懐かしみ読む

しづけさはまるで祈りのやうな夜やり残したるを指折り数ふ

苫の船出『蒼氓』に読みし日も遠くブラジル移民百年重し

まるでオーウェルの『１９８４』呆然とトランプ強権政治見てをり

わが帽子風にどこまでもまろびゆく寺山修司の歌なぞりつつ

ハンカチの樹

胡瓜トマト山盛り採れぬいつだつて幸せ感はふいにやつて来る

そよりとも木々揺れもせで蟬声は梅雨明けの暑さ割り増しにする

少年のまとひて来たる初夏の熱気かきまぜてゐる古き扇風機

鰯雲のひろごる夕べ曖昧は曖昧のまま縦《よ》しと日の過ぐ

純白の哀しみのやうなハンカチを凡百《ぼんびやく》ふりぬハンカチの樹は

積乱雲の日々立ちあがり禍々《まがまが》しかみなり本場の上州の夏

煌めく青田

山棲みのくらしの空に桐の咲くどこか懐古的うす紫は

山鳥が一喝するごと声ひとつ鋭くひびくわが裡深く

家めぐる百の蛙の鳴き声の憑《つ》きものとなりわが夜を領す

真夏日の翳りのやうに野良猫の黒き塊さらり横切る

出穂の前のしづけさに朝露を結びむすびて煌めく青田

妹と鬼灯鳴らしし少女期の目の前にあり赤く熟れゐて

まほろばに満月かかり糸瓜水瓶にぽたぽたしづく溜めゆく

少女期に石を蹴りけり下校せしはるかこの道老いて徒歩《かち》ゆく

紅の花にくれなゐの風の吹く凡庸を生き近づく傘寿

陽だまり

青葉どき花一途へて落葉する木々をねぎらふ　この歳月を

裸の木々小さく立たしめ稜線の黄昏れてゆく赤城の裾野

からからと転ぶ落葉ら坂くだる木枯し一号の名をもつ風に

裸木にしづかに揺るる蓑虫の一つ生命のゆりかご模様

気随なる旅に出でむか吹きやまぬ木枯しの空の落葉のわたし

「行動が思考であつた」宇野千代の言葉握りしめ立ちあがりたり

落葉して明るき林かの絵本のメープルシロップの世界を歩む

「雀らのちごゑに醒めし朝だつた」退院の夫の喜びの声

日々くらす寒さ払ひて幼子へ買ひに出でゆく弥生の雛を

隣り家の子らの笑ひ声爽やかな風にこぼれてわが庭に聞く

子のセーター編みしそのかみの陽だまりが温々とあり縁側のすみに

今朝採りし菠薐草《はうれんさう》の根の元の箸の先なるくれなゐやさし

跋

裡なる詩声の揺曳『銀の花芽』

三浦恭子

昭和六十三年五月、島田修二主宰「青藍」創刊号に、「後藤香」の名前で次の八首が掲載されている。

厨辺にわが立つ夕べ向ひ家にスポットライトの様な夕陽さす
この川のはたてに春の海凪ぎて河口のあたり白く泡立つ
庭に咲く福寿草の花が立春の陽を集むるとも返すとも見ゆ
鳥葬を思はす鴉ら火葬場の夕ぐれ空を啼きつつめぐる
夜の道にふり返りたりわが影に潜める魔物の足音なるや
赤い陽が昇り来る位置の移ろひを窓に見て立つ今日の始めに
野を行く電車の窓に眺めつつ吾かなしみを持ち堪《こた》へゐる
子にかくれば留守番電話に聞え来る他人行儀の男の声ぞ

これらの作品は本歌集には取り上げられていない。しかしながら一首目、夕陽がスポットライトとなり、三首目、立春の陽光を浴びる花が細やかな表情を見せ、五首目、自身の中に潜む魔物を思い、七首目、平凡な景に支えられて自らを律している心情の流れを訴え、そして最後に「他人行儀の男の声」という明るい方向へ読者を導いていく、豊かな一連である。

後藤香さんは、三十年前の初心時代においてすでに、平易な叙述を越えた作品、言いかえれば、対象からどの一点を掬い取れば良いかを敏感に感じる生得的な表現力を備えていたように思われる。

ふるさとは諸行無常の景なれど不変にかがやく雪の赤城山
雪もやうの空がよめるよ　里山に閑雲野鶴《かんうんやかく》のくらし二十年
生り物をすべて捧げし柿の木がほつと息つき冬木となりぬ
上州の風が哭くなり日常をぽんと超えて入る昼のカフェ店
ことごとく葉を落としたる朴の木がさつと差し出す銀の花芽を

関東平野の北西部にそびえる赤城山。赤城山と言えば、些か古いが國定忠治の「赤城の子守歌」の哀調に昭和への淡い郷愁が蘇る言葉でもある。秋の終わりから春先にかけて、関東平野に吹き渡る赤城おろしの冷たい風を「上州のからっ風」と呼ぶ。
そのような厳しい自然風土のなかに生を享け、一切の事象が変転していく人生の中に、遠く雪をかずく赤城山のみは不変であると歌う。赤城山南麓の大自然をふるさととして生きる後藤さんの山への愛着と信頼を窺わせ、着眼の大きい一首である。二首目、「閑雲野鶴《かんうんやかく》」とは悠々自適して何の束縛も受けない境遇にたとえる言葉。のんびりした自身の生活を重ねて、雪空のなりゆきを見通している白髭《しらひげ》の仙人の姿を連想して居たのかも知れない。この四字熟語が里山の穏やかな日常に風格を与えた。四首目、一首のポイントは「日常をぽんと超えて」である。この響きの良い言葉を、「上州の風」と「カフェ店」が支えて、土の匂いのするモダンな歌となった。「ほっと息つき」「ぽんと超えて」「さつと差し出す」これらの言葉は一首の中に「要《かなめ》」として存在し、こうした表現は後藤作品の特色の一つであるとも言えよう。

五首目は歌集の題名になった一首で少し長い説明を要する。平成二十年「草木」四月号に於ける筆者の選後評の一部分をここに記す。

＊＊＊＊

ことごとく葉を落としたる朴の木がさつと差し出す銀の花芽を　　後藤　香

「花芽というものは徐々に出てくるものだろう」こういう普通の感覚から一歩抜け出た歌です。下の句七七に作者独自の捉え方があり、特に「さつと差し出す」が花芽の美しさを生かしています。思考を柔軟にして対象を見る、そんなことを考えました。

＊＊＊＊＊

後藤さんはこの選後評を読んで、いつか歌集を出版するときには歌集名を『銀の花芽』にしようと決めていた、とこの度話された。十年間心に温められていた美しい歌集名である。この評にもう一言加えるならば、銀の花芽は未来へ立ち上がる姿であり、裡なる詩声の揺曳がなければ見えない世界である。

余命なき母を見舞ひて帰る道押し黙り行くを照らす半月
死の際の母の食《た》べし葡萄の実二つといふは悲しみの数
三十二歳の若き母逝く　遺されし八歳七歳二歳の姉妹
洗濯板裁ち板張板若き母のふれたる物のはかなく消ゆる
学生服の子どもの図柄の五銭切手貼られし手紙　母の絶筆
消えかかる母の手蹟ににじみゐる終戦まもなき寂しき時代
夭死せし母の生命線思ひつつわが掌をひらく秋陽の中に
母逝きて切なき虚ろに水引草しごきては捨てし少女期の孤独
陽だまりを探し廻りし少女期の荒野の扉は固く閉ぢておく

余命少ない母を病院に残して帰り行く八歳の少女の姿である。押し黙り歩むしかないではないか。母がおいしそうに葡萄を二粒食べてくれた。二粒しか食べられなかったその「ふたつ」はまことに悲しい数として深く少女の心に刻み込まれた。やがて、八歳と七歳と二歳の愛娘を残して母は亡くなる。三十二歳であった。歌われてはいないがこの時の母の心情にも思いが及び、残し行く母と残されし子たちの慟哭が聞こえてくるような一連である。多い抄出となったが、軽々しい説明よりも歌による真実の方がこの深い哀しみを伝えられる、と思った。九首目に関して一言述べれば、母の温みである「陽だまり」の無かった少女期は、作者にとって荒野とも思える淋しさであった。しかし現在、それは心の中に閉じ込めておく。すなわち、「荒野の扉」は「心の扉」ということだろう。心の屈折を表現した深く重い一首である。

このようなさびしさの後に、時は移り…春の温かい歌に会う。商社マンとしてご活躍のご子息一家の歌。兜虫の足がどうなっているのか知らないけれどお孫さんの楽しい一首、そしてつい微笑んでしまう「親馬鹿二人」。歳月は、少女期の荒野の扉を開き、柔らかな春風を年々吹きいれたのであろう。

「また来るね」息子《こ》の一家乗せ走り出す菜の花のなかの二輌編成

兜虫まん中の足でターンするかと想像ゆたか虫好きの男孫

息子《こ》の商社の輸入バナナを購ひて朝あさ食べる親馬鹿二人

後藤香さんには、出版社にお勤めの優秀なご息女が居られ、その事情で、七年間の東京時代があり、その間を社会人としての大学生活を送られている。『マクベス』を読み『源氏物語』を学んだ貴重な年月であった。

生き直す思ひに通ふキャンパスが今の私の居場所となりぬ

マクベスの戯曲を深く読み込んで苦手な英語の講義のりきる

七年間社会人学生のあつと過ぎ別れの校舎に深く礼《ゐや》なす

世話をせし孫も大学生東京を離るる車中涙あふれ出づ

本歌集は制作順ではないので、多少作品が前後する。「青藍」「草木」に依る我々にとって、最も大きな出来事は、師島田修二の突然の逝去であった。

全身の震へとまらず夕刊の「島田修二氏逝去」の記事に

日常はなんなく過ぎむ秋空に逝きたる先生の憂ひをさけて
鎌倉の瑞泉寺へとこころ急《せ》く　師の七回忌に集ふ長月
親子僧の読経届かむか堂内に師の変幻の黄蝶舞ひきぬ
「文学は自己救済」の師の言葉かみしめてゐる齢《よはひ》かさねて

平成十六年九月十二日、あれからもう十五年の年月が流れた。「全身の震へとまらず」は、直截にして真の表現であり、当時の全会員の心境でもあった。鎌倉、瑞泉寺における七回忌法要の時、遅れ咲きの野牡丹の上を飛んでいた黄蝶が堂内にゆうらりと入って来たが、ああ、あれは先生の変幻の姿であったのか。

一枚の絵の懐かしさ海の辺に二十年棲みて手放しし家
オリーブの木のある家の日々とほく今も靡きゐむみちのくの空
原発の安全神話を疑はず子育てしたり原発の地に
原発より三キロ余りに二十年棲みしわが家族の第二のふるさと

「あとがき」にも書かれているが、一家は震災以前のみちのくの海辺の家に二十年を過ごされた。平成二十三年三月十一日、東日本大震災という未曾有の惨が日本を襲った。懐古の歌であるが、「わが家族の第二のふるさと」と詠まれている福島県大熊町の家は、原発の地よりわずか三キロ余りしか離れていなかったのである。福島第一原発のあの絶望的な惨状から丁度八年目の三月、漸く一部に避難指示解除が出た。真の復興と呼べる日を迎えるには、まだ遠い道のりを歩まねばならない。

同年七月、島田修二亡き後の「草木」を、代表として全霊で守り続けた吉田和人が還らぬ人となる。横須賀の中央公園の丘の上に建立された、島田修二の唯一つの歌碑〈横須賀の丘に吹く風いちにんのいのちの重み世界に告げよ〉の石は、代表が各地に足を運んで選んだ三波石《さんばせき》であった。

代表の御座さぬ夏のめぐりきぬ鎮まりがたく蟬の鳴くなり
師の歌碑の石を選ぶと行き給ふ群馬鬼石・相模真鶴
石碑《いしぶみ》は天然記念の三波石《さんばせき》代表の思ひ丘の上《へ》に建つ
『碑の丘』『八月の蟻』眼差しは時に苦吟のわれを励ます

第一歌集ということで、後藤さんの人生を追う、という取り上げ方になるが、先に述べたご息女、そしてご夫君にも少し触れたい。「母の日」には絹のスカーフが届き、日頃は無秩序に書物がとどく。母と娘の日常の交流が垣間見えるようで、幼くして母を亡くした後藤さんの味わうことのなかったであろう母娘の温みが感じられ、静かにしみじみとした気持ちになる。ご夫妻はもう金婚式を終えられた。五首目、病院生活から解放された夫が、「雀らのちごゑに醒めし朝」と言った。爽やかに朝を目覚めた夫の心と、それを感じ取る妻の思いが温かくて明るい。

蒼空にとけ合ひ靡くは「母の日」に届きし絹のスカーフのすさび
娘より届く書物の無秩序に従つて読む今日は『赤毛のアン』
オペラ観て上野の杜に食事する金婚の日の小さき身祝ひ
黒田清輝、ボッティチェリ展はしごする偶の上京の欲張りの春
「雀らのちごゑに醒めし朝だつた」退院の夫の喜びの声
孫六人曾孫八人夭折の母の知るなきいのちの連鎖

始めに、「裡なる詩声の揺曳」と述べたが、後藤香短歌の精神はこれを起点とする。対象を直視して捉え所を定める、その上で、自らの裡に揺らいでくる感情の声を詩として発するのである。

青虫に葉を食ひ尽くされ棒立ちの鉢のみかん苗聖者のごとし
ゆらゆらと紋白蝶の魂《たま》ひとつ空々《くうくう》われのこころに止まる
ひと吹きに蒲公英の絮毛飛ばしたる心意気見す風の男伊達《をとこだて》
野萱草のオレンジの花残しつつ畦刈る男《ひと》を信じてみたい
夕ぐれの里山の空　万斛《ばんこく》の哀しみしづめし瞼も老いぬ
純白の哀しみのやうなハンカチを凡百《ぼんびやく》ふりぬハンカチの樹は
紅の花にくれなゐの風の吹く凡庸を生き近づく傘寿

一首目、葉の無いみかん苗を「棒立ち」と捉え、後藤さんにはそれが「聖者」に見えるという。二首目、紋白蝶が飛んで来ただけのことだが、かわいい蝶のたましいが、空しいわが心に止まってくれた。三、四首目、風も時には弱きを助け強きをくじく「男伊達《をとこだて》」の心意気を見せる。オレンジ色の花を残しながら畦の草を刈る男に優しさを見、よし、この男を信じてみようか。この二首のような傾向は後藤さんの作風の特色の一つでもある。男性的な形容でうたの流れをキリッと一息に収束させ読者の心を引き付ける。五首目の「万斛《ばんこく》」、六首目の「凡百《ぼんびやく》」そして「空々《くうくう》」もそうだが、共に先に述べた「かなめ」として漢語が一首の中に生き、知的な雰囲気を醸している。七首目、八歳でお母上を亡くされたという事実が「凡庸を生き近づく傘寿」への感慨を深くさせる。後藤さんの詩心は、少女期の孤独な時間が膨らませた空想力、想像力によるものだろうか。

少し長くなりすぎて、佳作として取り上げたい歌を多く残したまま拙稿を閉じることとなる。この一冊がより多くの読者に読まれることを心から願ってやまない。

子のセーター編みしそのかみの陽だまりが温々とあり縁側のすみに
今朝採りし菠薐草《はうれんさう》の根の元の箸の先なるくれなゐやさし

平穏な現在が描かれ、ほのぼのと日向ぼっこのような巻末の二首。菠薐草の根元のくれないがやさしいと歌う。後藤さんの繊細な心が見ている淡いくれない色は、遥かな日の母のやさしさにもつながるのだろう。

二〇一九年三月　春分の日に

あとがき

赤城山の麓に生まれ育ち、東京、東北と居をかえ現在は、夫の退職を期に再びふるさとの前橋に住んで居ります。

短歌をはじめたのは、みちのくの小さな海辺の町に住んでいた頃でした。二人の子が大学進学のため家を出たあとの空虚さは、うめがたいものがありました。そんなとき短い詩形なら詠めそうだと、気軽に始めた短歌を、その後三十五年も続けるとは思ってもみませんでした。

昭和六十三年創刊の「青藍」につづき「草木」と、島田修二先生の選を受け、歌の奥深さに目を開かれる思いでした。残念ながら先生は平成十六年秋に急逝され、七年後には吉田和人代表も逝去されましたが、折にふれて島田先生の「文学は自己救済」の言葉を思い返しています。

平凡にすごしてきた人生にも、少女期から振り返ればさまざまな哀しみがあり喜びがありました。感情を言葉にしようとしてうまく定まらないもどかしさ、やっと一首にしあがったときの充足感。歌を詠むことが魂の支えになっています。

七十代も後半になったころ娘に歌集上梓を勧められ、ようやく勇気をもって歌をまとめるに到りました。「青藍」「草木」誌掲載の中から三百五十五首を選び、題名の『銀の花芽』は、次の一首からとりました。

ことごとく葉を落としたる朴の木がさつと差し出す銀の花芽を

いまひとつ作歌に自信のもてなかったこの頃「草木」誌上に於いて、三浦恭子選者より、この一首を「独自の捉え方」と評されたことがうれしく、大きな励みとなり、その後長らくこの言葉をこころの奥処に抱いてきました。その朴の木も大きく育ち、憩いの木陰を供してくれる夏がまたやって来ようとしています。

「草木」の選者である三浦恭子様には、ご多忙のなか丁寧なご指導とご助言をいただき、跋文まで賜りました。心から感謝申し上げます。短歌研究社の國兼秀二編集長、菊池洋美様には、温かいお力添えを有り難うございました。データの入力ほかさまざまな面で協力し、刊行の後押しをしてくれた娘の有子にも感謝を。

後藤　香

平成三十一年三月吉日

著者略歴

昭和14年　群馬県に生まれる
　　　　　（本名 飯田良江）
昭和60年　「青天」入会
昭和63年　「青藍」入会
平成13年　「草木」入会

検印省略

草木叢書第六十六篇

令和元年九月二十六日　印刷発行

歌集　銀《ぎん》の花芽《はなめ》

定価 本体二五〇〇円（税別）

著者　後《ご》藤《とう》香《かおり》

郵便番号三七一—〇二四三
群馬県前橋市大前田町一三三〇—三　飯田方

発行者　國兼秀二

発行所　短歌研究社

郵便番号一一二—〇〇一三
東京都文京区音羽一—一七—一四　音羽YKビル
電話〇三（三九四四）四八二二・四八三三
振替〇〇一九〇—九—二四三七五番

印刷者　豊国印刷
製本者　牧製本

ISBN 978-4-86272-615-5 C0092 ¥2500E